COMPTE MORAL ET FINANCIER

DES OPÉRATIONS

Effectuées pendant l'année 1862.

(Exécution de l'article 9 du décret du 14 novembre 1858.)

PARIS,

CHARLES DE MOURGUES FRÈRES, SUCCESSEURS DE VINCHON,

IMPRIMEURS DE LA PRÉFECTURE DU DÉPARTEMENT DE LA SEINE,

RUE JEAN-JACQUES ROUSSEAU, 8.

1863

INTRODUCTION.

Le Compte moral et financier des opérations de la Caisse des Travaux de Paris, qui a été rendu au mois d'avril dernier, conformément aux dispositions du décret organique, résumait l'ensemble des faits accomplis pendant les trois premières années de son existence.

Les détails donnés à cette occasion sur l'origine et le caractère de la Caisse, et sur la portée des décrets qui l'ont constituée seraient désormais superflus : son rôle est aujourd'hui connu de tous. C'est un établissement complétement distinct et indépendant de la Caisse municipale, chargé de hâter l'exécution des grands travaux publics résultant, soit du traité du 3 mai 1858 entre la Ville et l'État, soit de décrets ultérieurs, soit enfin de la loi d'annexion à Paris de la banlieue suburbaine; c'est une institution financière soumise à toutes les règles de la comptabilité publique et au contrôle de la Cour des comptes, dont elle relève directement, offrant pour la dette qu'elle a contractée la garantie solidaire de la Caisse municipale et celle des valeurs de toute nature dont elle dispose.

« Ce recours au crédit sous une forme qui permet à la Caisse de faire les « avances préalables exigées par la plupart des entreprises de la Ville, et d'éche- « lonner les échéances de ses remboursements selon la probabilité de ses ren- « trées, est tout à fait en rapport avec la nature des besoins habituels du service « municipal. L'oscillation des achats et des reventes de terrains se combine à « merveille avec l'alternative des émissions et des extinctions des bons de la « Caisse des Travaux de Paris. Au moyen des ressources nouvelles que cette « institution était prête à lui fournir, la Ville pouvait donc s'engager librement « dans les dépenses de l'avenir, sans hâte exagérée, sans délai regrettable; elle « pouvait à la fois entreprendre les travaux de première urgence et poursuivre « avec calme les études nécessaires pour être en mesure d'achever l'œuvre

« d'assimilation à l'ancienne cité et à ses habitants, des territoires et des popu-
« lations qu'on venait d'y joindre. » [1]

Une expérience de quatre années a justifié cette appréciation du chef de l'administration municipale.

Le présent compte ne portera donc que sur les opérations effectuées pendant l'année 1862.

L'exposé des résultats de cette année confirmera d'une manière remarquable
les prévisions qui terminaient le compte précédent.

L'empressement du public à profiter des valeurs de crédit et la préférence
donnée aux bons à long terme, le nombre des prêteurs et celui des placements
que l'on peut appeler de famille, n'ont fait que s'accroître : au 31 décembre 1861,
les clients de la Caisse étaient, tant à Paris qu'en province, de 8,537. Dans la
seule année 1862, ce nombre s'est accru de 4,113 personnes, et aujourd'hui, les
comptes particuliers pour le service des bons s'élèvent à 12,630. — Dans ce
chiffre, la province figure pour un tiers environ.

Les travaux publics auxquels l'émission des bons a permis de pourvoir, concurremment avec les autres ressources affectées à l'établissement nouveau, ne
se sont pas ralentis malgré la crise commerciale et industrielle qu'il a fallu
traverser et qui dure encore ; de grandes entreprises ont été menées à fin et ont
doté la Capitale de voies magistrales et d'édifices nouveaux ; l'ordre et la régularité n'ont pas cessé de présider aux opérations nombreuses confiées à la Caisse,
et tout s'est réuni pour justifier une institution d'abord attaquée ou méconnue,
puis mieux appréciée du public, enfin justement enviée par des cités importantes
qui attendent de la création d'institutions analogues leur splendeur et leur
prospérité.

---

(1) Mémoire de M. le Sénateur, Préfet de la Seine, au Conseil municipal, du 15 juin 1860.

CHAPITRE PREMIER

ÉMISSION DES VALEURS DE CRÉDIT

PENDANT L'ANNÉE 1862.

Cette émission, fixée d'abord à 100 millions de bons en circulation par la loi de finances de 1861, a dû être élevée à **125** millions par celle du **24** juin dernier, sous l'empire de circonstances qui ont frappé l'attention des pouvoirs publics. Lorsque s'est ouvert l'exercice 1862, l'emprunt décrété par la loi du 1er août 1860 n'était pas complétement réalisé, et le Trésor municipal en éprouvait un mécompte considérable (environ 62 millions). Cependant, M. le Préfet de la Seine, bien que la Ville de Paris eût consacré annuellement de 15 à 16 millions aux dépenses de toute nature motivées par l'extension des limites de Paris, tenait à honneur de donner le plus tôt possible aux habitants de la banlieue annexée les satisfactions vivement réclamées par eux. Pour combler, dans une certaine mesure, l'insuffisance signalée, il était indispensable d'avoir recours à une émission supplémentaire de valeurs de crédit.

Aussi, dès les premiers jours de l'année 1862, M. le Préfet de la Seine avait-il fait pressentir la nécessité d'un accroissement de **25** millions de bons de la Caisse ; cette mesure, sagement étudiée, n'a paru avoir aucun danger pour les finances de la Ville ; car, ainsi qu'on ne saurait trop le répéter, ces bons ne constituent pas une dette flottante dans l'acception usuelle de ce mot, et c'est improprement qu'il lui est appliqué. En effet, à la différence d'une dette flottante ordinaire, cette circulation a pour garantie des valeurs mobilières et immobilières qui en dépassent notablement l'importance, et dont la réalisation est certaine. Ainsi l'ont pensé le Conseil municipal, le Gouvernement et le Corps législatif, qui ont eu à en décider : tous, après des discussions approfondies, ont regardé la création d'une ressource supplémentaire de **25** millions comme désirable et opportune pour hâter les améliorations projetées dans les nouveaux arrondissements de Paris.

En conséquence est intervenue la loi du 25 juin 1862, qui a autorisé la Caisse des Travaux de Paris à porter son émission de 100 à 125 millions pendant les années 1862 et 1863, sauf à la réduire de 40 millions au moyen de la réalisation du complément de l'emprunt de 1860, ainsi qu'il est stipulé dans la loi autorisant cet emprunt. Voici le texte de l'art. 44 de la dernière loi de finances :

« Les bons que la Caisse des Travaux publics de la Ville de Paris est autorisée à
« mettre en circulation pendant l'année 1863 ne pourront excéder la somme de
« 125 millions de francs.

« Les bons à mettre en circulation pendant l'année 1862, qui avaient été fixés à
« 100 millions de francs par la loi du 28 juin 1861, pourront être élevés à la somme
« de 125 millions de francs.

« Le montant des bons en circulation, fixé comme il est dit ci-dessus à 125 mil-
« lions de francs, sera réduit de 40 millions de francs, conformément à l'art. 3 de
« la loi du 1er août 1860, après que l'emprunt autorisé par ladite loi aura été com-
« plétement souscrit et au fur et à mesure de la rentrée des 40 derniers millions à
« provenir dudit emprunt. »

En ce qui concerne les échéances mensuelles, la Commission du Budget a formulé des intentions qui ont été nettement et loyalement acceptées ; le Directeur de la Caisse a reçu l'ordre, rigoureusement observé, de faire en sorte qu'un mois ne comporte jamais une somme supérieure à 6 millions pour les échéances inférieures à 12 mois, et à 3 millions pour celles dépassant 12 mois, ce qui donne pour l'avenir une marge convenable aux placements. L'application de ces règles, dont on ne saurait méconnaître la sagesse, aurait pu néanmoins porter de fâcheuses entraves au placement des bons, si la clientèle de la Caisse n'eût été solidement établie ; car les prêteurs, qui sont admis d'ordinaire à désigner des échéances à leur convenance, se trouvent obligés de subir celles que le Directeur leur impose. Mais, malgré cette gêne réelle, et comme démonstration nouvelle du crédit dont jouit la Caisse, les 25 millions supplémentaires dont il s'agit ont été souscrits avec un empressement qui n'a porté aucun préjudice au placement des 122,000 obligations municipales, pour lesquelles un appel était fait au public concurremment avec les bons de la Caisse des Travaux. Ces bons ont été pris en quelques semaines, souscrits pour la plupart à 28, 29 ou même 30 mois d'échéance. La nouvelle limite, malgré son élévation, eût été bien dépassée, si les offres faites depuis le mois de juin eussent été acceptées.

La somme des bons restés en circulation au 31 décembre dernier s'élevait à 120,869,900 fr., dont 55,220,000 fr. seulement incombent à l'année 1863.— La somme de 65,649,900 fr. est répartie de 1864 jusqu'en 1869. — On peut donc affirmer sans crainte qu'une dette ainsi échelonnée sur l'ensemble de la période assignée par la loi pour l'achèvement des grandes opérations en vue desquelles elle a été créée, ne doit causer aucun embarras à la Ville de Paris, garante éventuelle des engagements de la Caisse, comme s'il s'agissait d'une émission à courte échéance.

Le tableau des échéances au 31 décembre 1862 présente un résultat conforme aux prescriptions légales pour le chiffre annuel (puisque l'émission est au-dessous des 125 millions autorisés), mais semble offrir quelques écarts au point de vue des limites mensuelles conseillées par la Commission du Budget et prescrites par M. le Préfet. Il sera facile d'expliquer cette apparente contradiction.

Comme observation générale, il importe de faire remarquer que toutes les échéances qui dépassent le chiffre de 6 millions s'appliquent à des engagements contractés antérieurement à la loi du 25 juin dernier, aux vœux exprimés par la Commission du Budget, et aux engagements qui en ont été la suite : on ne pouvait donc leur appliquer les règles nouvelles.

L'échéance du mois de janvier 1863 ne montait pas à moins de 20,998,000 fr.; mais il faut d'abord défalquer de ce chiffre 10 millions de bons, qui, renouvelés dans le courant de ce même mois, ont été scindés et reportés sur plusieurs périodes, de manière à rentrer dans les limites nouvellement admises; ces valeurs ne peuvent donc être une gêne pour le mouvement de trésorerie de la Caisse.

Quant aux 10,981,900 fr. restants, cette dette, désormais éteinte, avait été contractée depuis longtemps. Pour s'en rendre compte, il est utile de se reporter au mois de janvier 1861, époque à laquelle la Caisse dut pourvoir à des payements considérables de travaux publics (près de 35 millions); le mois de janvier 1863 a dû supporter les charges que lui avait léguées le mois de janvier 1861; mais ce fait ne pourra plus se reproduire sous l'empire des invitations formulées au mois de juin dernier.

SITUATION DES BONS DE LA CAISSE AU 31 DÉCEMBRE 1862.

ÉCHÉANCES PAR ANNÉES ET PAR MOIS.

MOIS.	1863.	1864.	1865.	1866.	1867.	1868.
	fr.	fr.	fr.	fr.	fr.	fr.
Janvier....................	20,998,900	1,465,900	2,902,900	141,100	20,100	210,600
Février...................	6,887,600	3,173,900	2,995,500	106,000	75,200	157,600
Mars.....................	5,778,800	5,792,400	2,995,300	226,400	115,400	369,300
Avril.....................	5,055,600	7,956,200	2,994,800	70,200	83,000	250,100
Mai......................	2,647,300	4,481,900	1,171,200	61,100	30,000	102,100
Juin......................	2,168,000	2,951,400	1,337,800	96,300	7,400	80,600
Juillet...................	3,701,200	3,192,600	291,800	68,200	72,500	324,900
Aout.....................	1,219,200	3,461,900	248,800	81,500	21,600	118,500
Septembre................	1,257,400	2,927,900	254,100	63,200	76,200	241,500
Octobre..................	2,116,200	2,908,300	214,200	144,000	27,100	149,700
Novembre................	1,551,900	2,939,200	748,000	165,300	76,200	412,300
Décembre................	1,837,900	2,999,500	465,600	124,300	86,800	223,500
Totaux annuels...	55,220,000	44,251,100	16,710,000	1,347,600	700,500	2,640,700

Total des bons en circulation..... 120,869,900.

Nota. — Les échéances qui dépassent le chiffre de 6 millions s'appliquent à des engagements contractés antérieurement à la loi du 25 juin dernier et au vœu exprimé par la Commission du Budget. (Voir pages 5 et 6.)

MOUVEMENT DES VALEURS DE CRÉDIT.

ANNÉE 1862.

Circulation autorisée : 125 millions.

(Loi du 25 juin 1862.)

Bons restant en circulation au 31 décembre 1861..... 97,366,000. »
Bons échus et non remboursés en 1861.......... 217,300. »
289 jours d'émission ont produit............. 139,618,800. »[1]

237,202,100. »
Sur laquelle somme il a été remboursé.......... 116,332,200. »

Capital en circulation au 31 décembre 1862........ 120,869,900. »

Bons délivrés.................. 71,299. »

Moyenne par jour : 247 bons émis.

Sur la somme de 139,618,800 fr., qui représente la recette totale de l'année, on doit remarquer que les pleacments à courte échéance, c'est-à-dire de 3 à 11 mois, ne figurent que pour une somme de.................................... 48,393,200. »
Tandis que les placements de 12 à 23 mois ont été de................ 29,462,900. »
Ceux de 24 mois et au-dessus ont atteint le chiffre de................ 61,762,700. »

TOTAL ÉGAL.............. 139,618,800. »

[1] Ainsi que le démontrent les balances mensuelles, on est toujours arrivé, par l'effet des remboursements successifs, à n'avoir *en circulation*, au maximum, que la somme *autorisée*, soit 125 millions.

2

CHAPITRE DEUXIÈME.

——

OPÉRATIONS DE VOIRIE ET AUTRES.

ANNÉE 1862.

——

La Caisse a payé, pour expropriations et travaux pendant cette période, la somme de 99,717,376 fr., répartie entre toutes les opérations au nom desquelles des comptes spéciaux sont ouverts, et qui ont été autorisées, soit par des lois spéciales, soit par des décisions supérieures.

Chaque année a suffi à sa grande œuvre depuis que l'administration municipale, obéissant à une haute impulsion et se livrant à l'étude attentive des besoins politiques et moraux de la population, a dressé l'ingénieux programme dont l'accomplissement devra concilier les exigences de la circulation et de la paix publique. Si l'on remonte aux diverses époques de l'histoire de Paris, on verra qu'une idée d'ensemble n'a jamais présidé aux améliorations entreprises. Des opérations d'une utilité incontestable, mais partielles ; des monuments isolés ; à de longs intervalles, quelques tentatives pour établir des communications directes entre les divers quartiers de l'ancienne ville, voilà ce qu'on découvre généralement.

En ce qui concerne les opérations de voirie proprement dites, il faut, pour trouver des tendances analogues à celles de notre époque, remonter au règne de Henri IV, qui, le premier, voulut réunir les divers quartiers de la ville : la construction du pont Neuf, qui entraîna la reconstruction des quais de l'École, de la Mégisserie et la formation du quai Conti et du quai des

Grands-Augustins, à peine ébauché sous Philippe le Bel, obligea aussi à percer
la masse des bâtiments et jardins situés sur la rive gauche, et à ouvrir une rue
aboutissant à la muraille de la ville. En mémoire de la naissance de Louis XIII,
alors dauphin, on l'appela rue Dauphine, nom qu'elle a conservé jusqu'à
nos jours; d'un autre côté, la construction de la place Royale et du quartier du
Marais changea complétement l'aspect de la partie nord de Paris. Sous les règnes
suivants, la ville s'est successivement transformée; mais on a eu plus souvent en
vue d'en étendre les limites que de remédier à l'état intérieur de ses rues, qui res-
tèrent, pendant tant de siècles, étroites, humides et malsaines. — Sous l'Empire
et les deux gouvernements qui lui ont succédé, on a commencé à ouvrir des
communications nouvelles, mais, sauf la rue de Rivoli, de dimensions bornées.
De 1820 à 1847, les expropriations pour ouvertures ou pour élargissements de
rues ont occasionné une dépense de 45,252,903 fr., tandis que, depuis la création
de la Caisse des Travaux de Paris, en 1859, on a consacré à ces grandes opérations une somme de 358,031,722 fr. 42 c. Dans ce chiffre figurent, pour des
portions importantes, des travaux qui, non applicables à la voirie proprement
dite, sont néanmoins d'une haute utilité : la continuation du système de conduites
d'eau et de gaz et la construction d'égouts qui jamais ne s'étaient accrus dans
une proportion si considérable.

« Comme toujours, le service des eaux et des égouts a obtenu pour lui seul la
« majeure partie de la dotation des grands travaux de ponts et chaussées. Ce
« n'est que justice; car l'assainissement de la ville, dont il est l'agent principal,
« doit passer avant tout. Malheureusement, les utiles ouvrages exécutés par
« ses soins échappent à l'appréciation du public. On ne les connaît guère que
« par la gêne qu'ils causent tout d'abord à la circulation, et que chacun sup-
« porte avec impatience : dès qu'ils sont terminés, on les oublie, parce que rien
« d'apparent ne signale à l'attention leur action cachée, et que peu de personnes
« se rendent bien compte de toutes les incommodités, de tous les dangers même
« dont ils préservent la population [1]. »

---

[1] *Mémoire de M. le Préfet au Conseil municipal,* session de 1862.

Nous sommes loin de l'époque où Hugues Aubriot, prévost des marchands, construisait les premiers égouts autour de la ville (1380) pour y faire arriver à ciel ouvert les ruisseaux du quartier du Temple, de Montmartre et de Gaillon; mais l'exemple était donné et on ne s'arrêta plus. Refaits en 1625, ces égouts furent bientôt insuffisants et successivement agrandis, et il y a à peine vingt ans qu'on a pu entreprendre un système qui a créé toute une ville souterraine d'un puissant intérêt.

Il est donc certain que les aspects grandioses, les travaux destinés à faire pénétrer partout, et dans de vastes proportions, l'air, le jour, la salubrité, la sécurité, appartiennent au présent règne. Les boulevards de Sébastopol, de Malesherbes et du Prince-Eugène, conçus en 1853, avec tant d'autres, sont venus augmenter le nombre des voies publiques destinées à ouvrir la ville du nord au midi, de l'est à l'ouest. Le boulevard du Prince-Eugène, à l'établissement duquel une somme de 17,399,789 fr. a été consacrée en 1862, marque brillamment cet exercice; il reliera le Château-d'Eau et les boulevards intérieurs à la place du Trône par une ligne de plus de 3 kilomètres, et conduira directement la population au bois de Vincennes, si justement appelé le bois de Boulogne des ouvriers.

Les établissements religieux, scolaires et hospitaliers, destinés à moraliser, à instruire et à secourir la population ouvrière, n'ont pas eu une moins large part dans les libéralités de l'administration municipale, répondant ainsi à la sollicitude de l'Empereur, qui veut que l'on s'occupe particulièrement « de « tout ce qui peut à la fois améliorer la condition matérielle du peuple et « élever son moral. » [1]

L'édilité ne pouvait oublier ce qu'elle devait particulièrement aux populations de la banlieue suburbaine, annexée à l'ancienne ville par la loi du mois de juin 1859, et dont la surface est plus étendue que celle de tous les anciens quartiers réunis.

C'était pour la dixième fois, depuis les premiers temps de son existence,

---

[1] Réponse de l'Empereur au Préfet de la Seine et au Conseil municipal le jour de l'inauguration du boulevard du Prince-Eugène, 7 décembre 1862.

que Paris reculait ses limites si souvent changées, et que le mouvement de la population forçait à étendre sans cesse.

D'un périmètre d'environ 15 hectares sous Jules César; de 252 sous Philippe-Auguste, l'auteur de la première enceinte; de 440 sous Charles VI; de 485 sous Henri III; de 567 sous Louis XIII; de 1,003 sous Louis XIV, qui dota la capitale du grand cours de la rive droite, en 1670; de 3,400 sous Louis XVI, qui fit édifier le mur d'octroi aujourd'hui disparu, et qui reste marqué par l'admirable ligne des boulevards extérieurs; enfin, de 3,288 sous le précédent règne, elle est arrivée de nos jours, par cette progression soutenue, à embrasser dans sa vaste enceinte 7,802 hectares, comme preuve de sa force et du développement de sa richesse. « En effet, la carte de Paris montre encore aux yeux les contours des « vieilles enceintes de la ville, comme la section d'un arbre fait voir, par des « veines concentriques, les phases successives de sa végétation. » [1]

Aussi, malgré la nécessité de poursuivre les travaux commencés dans Paris ancien, l'administration municipale a voulu consacrer, dès le début, des sommes importantes aux améliorations de la banlieue pour les voies de communication, l'assainissement, l'éclairage, les services religieux, scolaires et municipaux, la santé publique et les moyens de transport en commun. Au 31 décembre 1861, on y avait consacré 30,534,358 fr. 28 c.; pendant l'année qui fait l'objet principal de ce rapport, ce chiffre s'est élevé à environ 13 millions. La préférence a été donnée aux mesures d'assainissement. Les dépenses de plantations figurent dans ce chiffre pour environ 428,000 fr.; celles destinées à établir des conduites d'eau dans les communes annexées, où tout était à faire, pour 1,576,000 fr.; la construction des égouts, première condition de salubrité, a coûté 2,100,000 fr.; la transformation du boulevard qui longeait l'ancien mur d'enceinte a exigé 1,890,839 fr.; enfin, pour la transformation en promenade publique du bois de Vincennes et de ses environs, une somme de 3,190,499 fr. a été payée en 1862.

Des projets importants sont à l'étude, et même aux enquêtes, pour l'ou-

---

(1) Discours de M. le Préfet de la Seine à la séance d'installation du Conseil municipal, 11 novembre 1859.

verture de rues nouvelles en harmonie avec les débouchés de l'ancienne ville, la création de squares et de promenades publiques, l'établissement de distributions d'eau et de gaz; la réalisation en est prochaine.

L'année 1863 verra se terminer le boulevard de Sébastopol (rive gauche) par la démolition des maisons de la rue d'Enfer qui sont en contre-haut de la voie nouvelle, laquelle, nivelée sur tout son parcours et régularisée depuis la gare de Strasbourg jusqu'à l'Observatoire, reliera au Paris ancien le territoire de Montrouge, de même que le boulevard du Prince-Eugène avait complété l'annexion de ceux de Ménilmontant et de Charonne.

Au nord de Paris, une magnifique voie est déjà en cours d'exécution. La rue Lafayette, prolongée du faubourg Poissonnière à la rue Laffitte d'abord, et ensuite jusqu'au nouvel Opéra, facilitera de la manière la plus heureuse le mouvement de circulation qui part des gares du Nord et de l'Est, pour se diriger sur les boulevards, et qui avait été, jusqu'ici, condamné à des circuits difficiles. Cette nouvelle rue offrira, dans son ensemble, un développement remarquable; car elle se dirigera en droite ligne du nouvel Opéra jusqu'à l'enceinte des fortifications, et se continuera bien au delà par la route d'Allemagne.

Des opérations diverses, en dehors de celles relatives aux voies à ouvrir, marqueront aussi l'année 1863, et sont comprises au budget municipal voté dans la dernière session, en particulier, celles qui ont pour objet de mettre à exécution le magnifique projet qui doit doter enfin la ville de Paris d'eau salubre, fraîche et limpide.

Le tableau que l'on trouvera aux annexes contient le détail des opérations de voirie et autres, à l'exécution desquelles la Caisse a contribué, par nature de recettes et de dépenses, en les rattachant aux lois ou décisions dont elles émanent, et se termine par un résumé récapitulatif. Deux autres tableaux feront connaître le montant des sommes à recevoir et celles restant à payer pour opérations de voirie à diverses échéances.

RÉSUMÉ.

La Caisse des Travaux de Paris concourt à un grand et noble but :
« *transformer la Capitale en la rendant et plus vaste et plus belle,* » ainsi qu'une
parole auguste l'a récemment défini dans une circonstance solennelle : l'inauguration du boulevard du Prince-Eugène. L'établissement financier fondé par
l'Empereur le 14 novembre 1858 n'a pas failli à sa mission : les esprits les plus
prévenus reconnaissent aujourd'hui la place importante qu'il occupe dans la
trésorerie municipale, son développement rapide malgré des concurrences
redoutables, la sûreté et le nombre des garanties qui assurent le remboursement
des bons émis conformément aux lois de finances, la régularité de son fonction-
nement, les services qu'il a rendus et qu'il rendra encore à l'édilité parisienne,
en hâtant l'exécution des grands travaux publics décrétés par le Souverain pour
la transformation des anciens quartiers et l'annexion effective des nouveaux.

Le soin que prend l'administration municipale de placer sans réserve sous
les yeux du public les résultats de ses opérations multiples et de l'initier à tous
leurs détails ne peut qu'ajouter à la confiance générale. Une autorité puissante
intervient d'ailleurs chaque année pour contrôler la marche de la Caisse. Per-
sonne n'ignore que la Commission du Budget, dans toutes les sessions et surtout
dans la dernière, s'est occupée avec une attention particulière des questions
pouvant se rattacher au crédit public du pays, et que ses consciencieuses inves-
tigations se sont portées sur la Caisse des Travaux de Paris, dont il s'agissait
d'augmenter les ressources. C'est après un examen complet de toutes les parties
de ce service financier que la Commission, par l'organe de son honorable Rapporteur (M. Alfred le Roux), s'est exprimée comme il suit :

« Nous devions d'abord vérifier si l'article 17 de la loi de finances du
« 11 juin 1859 recevait son application. Le compte particulier indiquant le
« montant des bons émis, l'emploi de leur produit et la situation des travaux,
« est joint, comme il doit l'être, au budget qui vous est soumis. Nous avons, en

« outre, examiné la comptabilité de la Caisse et constaté sa parfaite régularité,
« comme le sage échelonnement de ses échéances. » (*Moniteur* du 12 juin 1862.)

Dans la séance publique du 25 juin dernier, M. le Rapporteur, après une assez vive discussion, a réitéré ces assurances, en leur donnant, s'il est possible, une force nouvelle :

« La Commission, a-t-il dit, a constaté, elle constate ici avec satisfaction,
« que l'état de la Caisse des Travaux publics de la Ville de Paris est aussi satis-
« faisant, aussi régulier que la sévérité la plus scrupuleuse puisse le demander.
« Les échéances, comme le dit le rapport de la Commission, sont échelonnées
« de la façon la moins inquiétante. » (*Moniteur* du 25 juin 1862.)

Le Comité de surveillance placé près de la Caisse, consulté sur toutes les questions intéressant son crédit, avait donné son approbation au Compte présenté l'année dernière, comme aux diverses mesures qui ont été adoptées dans le courant de l'année.

Enfin, la Commission spéciale, instituée par M. le Préfet, conformément aux règlements de la comptabilité publique, pour clore le livre-journal du Caissier et constater la situation de l'encaisse et du portefeuille de ce comptable, a dressé, le 31 décembre dernier, un procès-verbal établissant la parfaite régularité de sa gestion et de ses écritures.

Tels sont les précédents, telles sont les garanties qui nous donnent la confiance que l'année 1863 ne sera pas moins favorable que les précédentes pour la Caisse des Travaux de Paris. La tâche considérable qui lui incombe ne pourra qu'augmenter le zèle et les efforts de tous ceux qui ont l'honneur de concourir à la grande œuvre du présent règne, l'édification du Paris de Napoléon III.

LE DIRECTEUR

de la Caisse des Travaux de Paris,

FERDINAND LEROY.

Paris, le 15 février 1863.

COMITÉ CONSULTATIF.

Séance du 27 février 1863.

Présents : M. LE SÉNATEUR, PRÉFET DE LA SEINE, *Président;* MM. GUILLEMOT, Directeur général des Caisses d'Amortissement et des Dépôts et Consignations; BLONDIN, Directeur du Mouvement général des fonds au Ministère des Finances; BILLAUD, Membre du Conseil municipal; DEVINCK, Membre du Conseil municipal; FÈRE, Membre du Conseil municipal; FERDINAND LEROY, Directeur de la Caisse des Travaux de Paris, *Secrétaire* du Comité.

Du procès-verbal a été extrait ce qui suit :

« Le Comité consultatif appelé, aux termes de l'art. 14 du décret du 14 novembre 1858, à donner « son avis sur le Compte moral et financier présenté par le Directeur de la Caisse des Travaux de « Paris, des opérations effectuées pendant l'année 1862,

« Après avoir entendu le rapport rédigé par deux de ses Membres, contenant le résumé des opé- « rations de la Caisse pendant ladite année 1862, et affirmant, après vérification, l'exactitude et la « régularité des écritures de la Caisse, de même que leur parfaite concordance avec les résultats « consignés audit Compte,

« Déclare approuver le Compte moral et financier des opérations de la Caisse des Travaux de Paris « pendant l'année 1862. »

Pour extrait conforme :

Le Secrétaire du Comité,

FERDINAND LEROY.

ANNEXES.

COMPTES SPÉCIAUX ET DÉTAILLÉS.

OPÉRATIONS DE VOIRIE et NATURE DES RECETTES.	EXCÉDANT des recettes sur les dépenses constaté au 31 décembre 1861.	ANNÉE 1862.		TOTAL GÉNÉRAL.	OBSERVATIONS.
		SOMMES REÇUES.	TOTAL par OPÉRATION.		
LOIS DES 4 OCTOBRE 1849, 4 AOUT 1851 ET 2 MAI 1855.					
Dégagement de la Colonnade du Louvre.					
»	» »	» »	» »	» »	
Abords du Théâtre-Français.					
Loyers de propriétés et recettes diverses............		72,567. 29			
	» »		72,567. 29	72,567. 29	
Abords des Halles.					
Loyers de propriétés et recettes diverses............		47,380. 08			
	381,382. 39		47,380. 08	428,762. 47	
Boulevard de Sébastopol, rive droite (abords).					
Vente de matériaux et de terrains.................		2,330,892. 11			
Loyers de propriétés et recettes diverses............		159,696. 60			
	1,584,320. 50		2,490,588. 71	4,074,909. 21	
Dégagement des abords de l'Hôtel de Ville.					
Loyers de propriétés et recettes diverses............		14,671. 80			
	137,847. 39		14,671. 80	152,519. 39	
Totaux........	2,103,550. 48		2,625,207. 88	4,728,758. 36	

OPÉRATIONS DE VOIRIE et NATURE DES DÉPENSES.	EXCÉDANT des dépenses sur les recettes constaté au 31 décembre 1861.	ANNÉE 1862.		TOTAL GÉNÉRAL.	OBSERVATIONS.
		SOMMES PAYÉES.	TOTAL par OPÉRATION.		
LOIS DES 4 OCTOBRE 1849, 4 AOUT 1851 ET 2 MAI 1855.					
Dégagement de la Colonnade du Louvre.					
Frais de viabilité..........................	4,319. 04	2,660. 49	2,660. 49	6,979. 53	
Abords du Théâtre-Français.					
Indemnités foncières........................		765,359. 70			
Frais de viabilité..........................		22,914. 75			
Dépenses diverses...........................	916,501. 27	17,686. 02	805,960. 47	1,722,461. 74	
Abords des Malles.					
Indemnités foncières........................		659,028. 83			
Frais de viabilité..........................		17,920. 98			
Dépenses diverses...........................	» »	9,475. 50	686,425. 31	686,425. 31	
Boulevard de Sébastopol, rive droite (abords).					
Indemnités foncières........................		568,849. 92			
Indemnités locatives........................		113,297. 26			
Frais de viabilité..........................		236,912. 96			
Square des Arts-et-Métiers..................		29,220. 74			
Dépenses diverses...........................	» »	41,867. 93	990,148. 81	990,148. 81	
Dégagement des abords de l'Hôtel de Ville.					
Indemnités foncières........................		171,998. 01			
Frais de viabilité..........................		12,731. 50			
Dépenses diverses...........................	» »	1,967. 56	186,697. 07	186,697. 07	
Totaux..........	920,820. 31		2,671,892. 15	3,592,712. 46	

OPÉRATIONS DE VOIRIE et NATURE DES RECETTES.	EXCÉDANT des recettes sur les dépenses constaté au 31 décembre 1861.	ANNÉE 1862.		TOTAL GÉNÉRAL.	OBSERVATIONS.
		SOMMES REÇUES.	TOTAL par OPÉRATION.		
LOI DU 19 JUIN 1857.					
Boulevard de Sébastopol, rive gauche. (*Du pont à la place Saint-Michel.*)					
Vente de matériaux et de terrains.............		570,208. 70			
Loyers de propriétés et recettes diverses		25,393. 96			
	» »		595,602. 66	595,602. 66	
Boulevard Saint-Germain.					
Vente de matériaux et de terrains..................		76,044. 70			
Loyers de propriétés et recettes diverses		72,402. 45			
	» »		148,447. 15	148,447. 15	
Rue des Écoles et abords.					
Loyers de propriétés et recettes diverses		20,111. 89			
	» »		20,111. 89	20,111. 89	
Prolongement de la rue des Mathurins-Saint-Jacques.					
Loyers de propriétés et recettes diverses............		1,557. 12			
	» »		1,557. 12	1,557. 12	
Élargissement de la rue de la Sorbonne.					
Vente de terrains..........................		93,061. 69			
Loyers de propriétés et recettes diverses		4,388. 90			
	» »		97,450. 59	97,450. 59	
Élargissement de la rue Saint-Jacques.					
Loyers de propriétés		31,419. 32			
	» »		31,419. 32	31,419. 32	
Élargissement des rues Saint-Jacques et Boutebrie.					
»	» »	» »	» »	» »	
TOTAUX.........	» »		894,588. 73	894,588. 73	

OPÉRATIONS DE VOIRIE et NATURE DES DÉPENSES.	EXCÉDANT des dépenses sur les recettes constaté au 31 décembre 1861.	ANNÉE 1862.		TOTAL GÉNÉRAL.	OBSERVATIONS.
		SOMMES PAYÉES.	TOTAL par OPÉRATION.		
LOI DU 19 JUIN 1857.					
Boulevard de Sébastopol, rive gauche. *(Du pont à la place Saint-Michel).*					
Indemnités foncières............		132,932. 50			
Indemnités locatives............		175,905. »			
Frais de viabilité............		22,747. 55			
Reconstruction partielle du lycée Saint-Louis........		303,182. 82			
Dépenses diverses............		22,399. 49			
	579,749. 41		657,167. 36	1,236,916. 77	
Boulevard Saint-Germain.					
Indemnités foncières............		622,563 50			
Indemnités locatives............		350. »			
Frais de viabilité,............		15,903. 96			
Dépenses diverses............		15,068. 66			
	625,503. 79		653,886. 12	1,279,389. 91	
Rue des Écoles et abords.					
Indemnités foncières............		104,540. 57			
Dépenses diverses............		2,553. 06			
	218,677. 82		107,093. 63	325,771. 45	
Prolongement de la rue des Mathurins-Saint-Jacques.					
Indemnités foncières............		73,125. »			
Dépenses diverses............		2,194. 20			
	140,944. 07		75,319. 20	216,263. 27	
Élargissement de la rue de la Sorbonne.					
Frais de viabilité............		114. 40			
Dépenses diverses............		182. 05			
	533,615. 07		296. 45	533,911. 52	
Élargissement de la rue Saint-Jacques.					
Dépenses diverses............		3,683. 66			
	165,569. 06		3,683. 66	169,252. 72	
Élargissement des rues Saint-Jacques et Boutebrie.					
»	912,266. 61	» »	» »	912,266. 61	
Totaux............	3,176,325. 83		1,497,446. 42	4,673,772. 25	

OPÉRATIONS DE VOIRIE et NATURE DES RECETTES.	EXCÉDANT des recettes sur les dépenses constaté au 31 décembre 1861.	ANNÉE 1862.		TOTAL GÉNÉRAL.	OBSERVATIONS.
		SOMMES REÇUES.	TOTAL par OPÉRATION.		
LOI DU 28 MAI 1858.					
Boulevard du Prince-Eugène.					
Vente de matériaux et de terrains.................		1,100,456. 07			
Loyers de propriétés et recettes diverses...........		203,312. 53			
Versements par la Caisse municipale................		10,500,000. »			
	» »		11,803,769. 20	11,803,769. 20	
Boulevard de Magenta et abords.					
Vente de terrains..............................		205,477. 94			
Loyers de propriétés et recettes diverses		49,763. 32			
	110,114. 44		255,241. 26	365,355. 70	
Rue Turbigo.					
Revente de terrains et recettes diverses.............		71,104. 19			
Loyers de propriétés		29,066. 90			
Versements par la Caisse municipale................		200,000. »			
	» »		300,171. 09	300,171. 09	
Avenue de Vincennes.					
Vente de matériaux.......................... ...		1,025. 50			
Loyers de propriétés		8,950. 01			
	» »		9,975. 51	9,975. 51	
Rue de Rouen et nouvel Opéra.					
Revente de terrains.............................		316,227. 90			
Loyers de propriétés		98,190. 25			
Versements par la Caisse municipale................		11,000,000. »			
	» »		11,414,418. 15	11,414,418. 15	
Boulevard Malesherbes et abords.					
Vente de matériaux et de terrains.................		946,752. 95			
Loyers de propriétés et recettes diverses		37,483. 11			
Versements par la Caisse municipale...............		2,000,000. »			
	» »		2,984,236. 06	2,984,236. 06	
A reporter.........	110,114. 44		26,767,811. 27	26,877,925. 71	

OPÉRATIONS DE VOIRIE et NATURE DES DÉPENSES.	EXCÉDANT des dépenses sur les recettes constaté au 31 décembre 1861.	ANNÉE 1862.		TOTAL GÉNÉRAL.	OBSERVATIONS.
		SOMMES PAYÉES.	TOTAL par OPÉRATION.		
LOI DU 28 MAI 1858.					
Boulevard du Prince-Eugène.					
Indemnités foncières............................		12,160,445. 70			
Indemnités locatives............................		2,918,022. 01			
Frais de viabilité...............................		2,063,083. 58			
Dépenses diverses..............................		248,237. 83			
Monument du prince Eugène......................		10,000. »			
	2,638,198. 38		17,399,789. 12	20,037,987. 50	
Boulevard de Magenta et abords.					
Indemnités foncières............................		1,824,330. »			
Frais de viabilité...............................		6,591. 27			
Dépenses diverses..............................		20,186. 23			
	» »		1,851,107. 50	1,851,107. 50	
Rue Turbigo.					
Indemnités foncières............................		843,198. 08			
Frais de viabilité...............................		30,167. »			
Dépenses diverses..............................		10,161. 04			
	756,472. 51		883,526. 12	1,639,998. 63	
Avenue de Vincennes.					
Indemnités foncières............................		1,564,301. 36			
Dépenses diverses..............................		16,405. 60			
	175,949. 94		1,580,706. 96	1,756,656. 90	
Rue de Rouen et nouvel Opéra.					
Indemnités foncières............................		12,185,845. 98			
Indemnités locatives............................		9,025. »			
Frais de viabilité...............................		293,836. 66			
Dépenses diverses..............................		108,277. 67			
	4,042,607. 48		12,596,985. 31	16,639,592. 79	
Boulevard Malesherbes et abords.					
Indemnités foncières............................		2,489,539. 86			
Indemnités locatives............................		344,209. 93			
Frais de viabilité...............................		1,849,051. 87			
Dépenses diverses		15,000. 41			
	3,510,029. 10		4,697,808. 07	8,207,837. 17	
A reporter..........	11,123,257. 41		39,009,923. 08	50,133,180. 49	

| OPÉRATIONS DE VOIRIE et NATURE DES RECETTES. | EXCÉDANT des recettes sur les dépenses constaté au 31 décembre 1861. | ANNÉE 1862. | | TOTAL GÉNÉRAL. | OBSERVATIONS. |
		SOMMES REÇUES.	TOTAL par OPÉRATION.		
Report............	110,114. 44		26,767,811. 27	26,877,925. 71	
Boulevard Beaujon.					
Revente de terrains.........................		863,549. 84			
Loyers de propriétés et recettes diverses		25,833. 41			
Versements par la Caisse municipale...............		3,000,000. »			
	» »		3,889,383. 25	3,889,383. 25	
Abords de la place de l'Étoile. *(Rue Circulaire.)*					
Vente de matériaux et de terrains...		105,852. 82			
Loyers de propriétés et recettes diverses...........		26,803. 56			
	» »		132,656. 38	132,656. 38	
Boulevard rectifié de Passy.					
Loyers de propriétés et recettes diverses............		1,457. 53			
	» »		1,457. 53	1,457. 53	
Boulevard de l'Alma (rive droite).					
Vente de matériaux et de terrains..................		29,414. 45			
Loyers de propriétés et recettes diverses		22,059. 28			
Versements par la Caisse municipale...............		1,000,000. »			
	» »		1,051,473. 73	1,051,473. 73	
Avenue de l'Empereur.					
Revente de terrains		10,889. 05			
Loyers de propriétés et recettes diverses		4,761. 17			
	» »		15,650. 22	15,650. 22	
Boulevard de l'Alma (rive gauche).					
Vente de matériaux............................		13,225. »			
Loyers de propriétés		27,382. 50			
	» »		40,607. 50	40,607. 50	
Avenue du Champ-de-Mars.					
»	» »	» »	» »	» »	
A reporter............	110,114. 44		31,899,039. 88	32,009,154. 32	

OPÉRATIONS DE VOIRIE et NATURE DES DÉPENSES.	EXCÉDANT des dépenses sur les recettes constaté au 31 décembre 1861.	ANNÉE 1862.		TOTAL GÉNÉRAL.	OBSERVATIONS.
		SOMMES PAYÉES.	TOTAL par OPÉRATION.		
Report..........	11,123,257. 41		39,009,923. 08	50,133,180. 49	
Boulevard Beaujon.					
Indemnités foncières...........................		62,990. »			
Frais de viabilité...............................		301,865. 94			
Dépenses diverses..............................		6,277. 91			
	5,829,904. 81		371,133. 85	6,201,038. 66	
Abords de la place de l'Étoile. *(Rue Circulaire.)*					
Indemnités foncières...........................		650,316. 43			
Indemnités locatives...........................		104,730. »			
Frais de viabilité...............................		90,468. 90			
Dépenses diverses..............................		3,698. 39			
	508,522. 70		849,213. 72	1,447,736. 42	
Boulevard rectifié de Passy.					
Indemnités foncières...........................		298,999. 44			
Indemnités locatives...........................		87. »			
Frais de viabilité...............................		557,798. 72			
	1,495,757. 34		856,885. 16	2,352,642. 50	
Boulevard de l'Alma (rive droite).					
Indemnités foncières...........................		354,036. 42			
Indemnités locatives...........................		5,200. »			
Dépenses diverses..............................		9,147. 90			
	4,115,143. 56		368,384. 32	4,483,527. 88	
Avenue de l'Empereur.					
Indemnités foncières...........................		407,127. 06			
Frais de viabilité...............................		393,453. 13			
Dépenses diverses..............................		42,154. 19			
	3,777,923. 68		842,734. 38	4,620,658. 06	
Boulevard de l'Alma (rive gauche).					
Indemnités foncières...........................		727,944. 78			
Indemnités locatives...........................		34,500. »			
Dépenses diverses..............................		14,318. 33			
	1,728,423. 73		776,763. 11	2,505,185. 84	
Avenue du Champ-de-Mars.					
Frais de viabilité...............................		1,577. 47			
Dépenses diverses..............................		95. 18			
	816,653. 88		1,672. 65	818,326. 53	
À reporter..........	29,485,586. 11		43,076,710. 27	72,562,296. 38	

RECETTE.

OPÉRATIONS DE VOIRIE et NATURE DES RECETTES.	EXCÉDANT des recettes sur les dépenses constaté au 31 décembre 1861.	ANNÉE 1862.		TOTAL GÉNÉRAL.	OBSERVATIONS.
		SOMMES REÇUES.	TOTAL par OPÉRATION.		
Report.........	10,114. 44		31,899,039. 88	32,009,154. 32	
Boulevard Saint-Marcel.					
Loyers de propriétés............................		47,778. 74			
		» »	47,778. 74	47,778. 74	
Élargissement de la rue Mouffetard.					
Loyers de propriétés............................		17,970. 80			
		» »	17,970. 80	17,970. 80	
Boulevard de la barrière d'Enfer à la rue Mouffetard.					
Vente de matériaux............................		3,008. 60			
Loyers de propriétés et recettes diverses............		4,108. 09			
		» »	7,116. 69	7,116. 69	
Rue nouvelle entre la place Maubert et le carrefour des rues Mouffetard et du Fer-à-Moulin.					
Loyers de propriétés............................		11,453. 75			
		» »	11,453. 75	11,453. 75	
Prolongement de l'avenue de La Tour-Maubourg.					
»	» »	» »	» »	» »	
Élargissement de la rue Saint-Thomas-d'Enfer. *(Abords du boulevard de Sébastopol, rive gauche.)*					
Loyers de propriétés............................		932. »			
		» »	932. »	932. »	
Rue nouvelle entre l'extrémité de la rue Soufflot et le carrefour des rues Mouffetard et du Fer-à-Moulin.					
Loyers de propriétés et recettes diverses............		17,410. 02			
		» »	17,410. 02	17,410. 02	
A reporter.........	110,114. 44		32,001,701. 88	32,111,816. 32	

OPÉRATIONS DE VOIRIE et NATURE DES DÉPENSES.	EXCÉDANT des dépenses sur les recettes constaté au 31 décembre 1861.	ANNÉE 1862.		TOTAL GÉNÉRAL.	OBSERVATIONS.
		SOMMES PAYÉES.	TOTAL par OPÉRATION.		
Report..........	29,485,586. 11		43,076,710. 27	72,562,296. 38	
Boulevard Saint-Marcel.					
Indemnités foncières........................		451,421. 91			
Indemnités locatives............................		80,000. »			
Dépenses diverses.............................	1,652,354. 05	20,256. 55	551,678. 46	2,204,032. 51	
Élargissement de la rue Mouffetard.					
Indemnités foncières..........................		130,761. 38			
Dépenses diverses............................	313,308. 76	86,879. 18	217,640. 56	530,949. 32	
Boulevard de la barrière d'Enfer à la rue Mouffetard.					
Indemnités foncières........................		180,000. »			
Dépenses diverses............................	216,658. 72	1,106. 16	181,106. 16	397,764. 88	
Rue nouvelle entre la place Maubert et le carrefour des rues Mouffetard et du Fer-à-Moulin.					
Indemnités foncières...........................		361,997. 25			
Dépenses diverses............................	298,163. 31	6,477. 64	368,474. 89	666,638. 20	
Prolongement de l'avenue de La Tour-Maubourg.					
Frais de viabilité.............................	123,714. 92	19,537. »	19,537. »	143,251. 92	
Élargissement de la rue Saint-Thomas-d'Enfer. *(Abords du boulevard de Sébastopol, rive gauche).*					
Dépenses diverses............................	23,223. 67	45. »	45. »	23,268. 67	
Rue nouvelle entre l'extrémité de la rue Soufflot et le carrefour des rues Mouffetard et du Fer-à-Moulin.					
Indemnités foncières..........................		52,520. 54			
Frais de viabilité.............................		3,600. »			
Dépenses diverses............................	606,611. 78	4,573. 30	60,693. 84	667,305. 62	
A reporter..........	32,719,621. 32		44,475,886. 18	77,195,507. 50	

OPÉRATIONS DE VOIRIE et NATURE DES RECETTES.	EXCÉDANT des recettes sur les dépenses constaté au 31 décembre 1861.	ANNÉE 1862.		TOTAL GÉNÉRAL.	OBSERVATIONS.
		SOMMES REÇUES.	TOTAL par OPÉRATION.		
Report.........	110,114. 44		32,001,701. 88	32,111,816. 32	
Boulevard de Sébastopol (Cité).					
Loyers de propriétés.....................		3,606. 95			
	» »		3,606. 95	3,606. 95	
Boulevard de Sébastopol (rive gauche). *(De la place Saint-Michel au carrefour de l'Observatoire).*					
Revente de terrains et loyers de propriétés.........		55,777. 57			
	» »		55,777. 57	55,777. 57	
Abords de la rue Soufflot.					
Loyers de propriétés et recettes diverses............		31,394. 06			
	» »		31,394. 06	31,394. 06	
Prolongement de la rue de la Glacière.					
»	» »	» »	» »	» »	
Prolongement de l'avenue de Breteuil.					
Revente de terrains..........................		29,919. 39			
Loyers de propriétés..........................		3,091. 25			
	» »		33,010. 64	33,010. 64	
Isolement du jardin du Luxembourg.					
Revente de terrains.......................		16,039. 75			
	» »		16,039. 75	16,039. 75	
Élargissement de la rue de Lourcine.					
»	» »	» »	» »	» »	
TOTAL.........	110,114. 44		32,141,530. 85	32,251,645. 29	

OPÉRATIONS DE VOIRIE et NATURE DES DÉPENSES.	EXCÉDANT des dépenses sur les recettes constaté au 31 décembre 1861.	ANNÉE 1862.		TOTAL GÉNÉRAL.	OBSERVATIONS.
		SOMMES PAYÉES.	TOTAL par OPÉRATION.		
Report..........	32,719,621. 32		44,475,886. 18	77,195,507. 50	
Boulevard de Sébastopol (Cité).					
Indemnités foncières........................		170,000. »			
Indemnités locatives........................		46,670. »			
Frais de viabilité........................		1,163. 42			
Dépenses diverses........................		50. 40			
	2,598,828. 87		217,883. 82	2,816,712. 69	
Boulevard de Sébastopol (rive gauche). *(De la place Saint-Michel au carrefour de l'Observatoire).*					
Indemnités foncières........................		231,658. 80			
Frais de viabilité........................		496,142. 23			
Dépenses diverses........................		43,792. 15			
	3,300,627. 33		771,593. 18	4,072,220. 51	
Abords de la rue Soufflot.					
Indemnités foncières........................		73,547. 94			
Frais de viabilité........................		12,100. »			
Dépenses diverses........................		1,430. 78			
	511,136. 45		87,078. 72	598,215. 17	
Prolongement de la rue de la Glacière.					
Frais de viabilité........................		4,977. 82			
	569,079. 06		4,977. 82	574,056. 88	
Prolongement de l'avenue de Breteuil.					
Dépenses diverses........................		908. 16			
»	135,107. 40		908. 16	136,015. 56	
Isolement du jardin du Luxembourg.					
Frais de viabilité........................		91,844. 75			
	1,464,906. 33		91,844. 75	1,556,751. 08	
Élargissement de la rue de Lourcine.					
»	16,763. 94	» »	» »	16,763. 94	
TOTAL...........	44,316,070. 70		45,650,172. 63	86,966,243. 33	

OPÉRATIONS DIVERSES et NATURE DES RECETTES.	EXCÉDANT des recettes sur les dépenses constaté au 31 décembre 1861.	ANNÉE 1862.		TOTAL GÉNÉRAL.	OBSERVATIONS.
		SOMMES REÇUES.	TOTAL par OPÉRATION.		
OPÉRATIONS DIVERSES.					
1° Extension des limites de Paris :					
Marché à bestiaux et abattoirs à La Villette...........	» »	5,505,465. 52		5,505,465. 52	
Abattoirs généraux................................	» »	300,000. »		300,000. »	
Nouvelles barrières................................	» »	1,400,000. »		1,400,000. »	
Rue Militaire..............	» »	304,027. 80		304,027. 80	
Édifices religieux................................	» »	2,038. 55		2,038. 55	
Nouvelles mairies...............................	» »	100,000. »		100,000. »	
Casernement de la Garde de Paris..................	» »	3,100,000. »		3,100,000. »	
Casernement des Sapeurs-Pompiers................	» »	300,000. »		300,000. »	
Établissements scolaires...........	» »	» »		» »	
Anciens boulevards extérieurs......................	» »	3,919,681. 91		3,919,681. 91	
Éclairage dans la zone annexée	» »	» »		» »	
Distribution d'eau dans les territoires annexés	» »	1,900,000. »		1,900,000. »	
Construction d'égouts.............................	» »	2,100,000. »		2,100,000. »	
Plantations et embellissements.....................	» »	100,000. »		100,000. »	
Bois de Vincennes............................	» »	153,135. 53		153,135. 53	
Établissement des postes d'octroi aux entrées extérieures du bois de Boulogne ......, ...	» »	100,000. »		100,000. »	
Anciennes barrières	» »	15,244. »		15,244. »	
Abords des nouvelles portes de Paris................	» »	700,000. »		700,000. »	
Abords de Sainte-Périne.........................	» »	23,059. 10		23,059. 10	
Percements dans le 18e arrondissement.............	» »	38,318. 85		38,318. 85	
Dérivation des eaux de la Dhuis....................	» »	» »		» »	
Casernes d'octroi.............................	» »	» »		» »	
Dérivation des eaux de la Vaune...................	» »	» »		» »	
Boulevards dans la plaine Monceaux................	» »	2,581,806. 41		2,581,806. 41	
Boulevard allant de la place de l'Étoile à la station de Courcelles..............................	» »	5,433. 50		5,433. 50	
Prolongement de la rue Saint-Ange................	» »	» »		» »	
Prolongement du boulevard de l'Étoile..............	» »	» »		» »	
	» »	22,648,211. 17	22,648,211. 17	22,648,211. 17	
2° Améliorations de la voie publique dans Paris non subventionnées et autorisées par décrets, ci..........	658,321. 76	10,851,679. 09	10,851,679. 09	11,510,000. 85	
3° Édifices publics (ancien Paris)...........	» »	7,144,794. 10	7,144,794. 10	7,144,794. 10	
4° Opérations communes avec l'État, le Département, les hospices, les fabriques, etc...	4,810,247. 82	3,191,306. 80	3,191,306. 80	8,001,554. 62	
TOTAUX.........	5,468,569. 58		43,835,991. 10	49,304,560. 74	

OPÉRATIONS DIVERSES et NATURE DES DÉPENSES.	EXCÉDANT des dépenses sur les recettes constaté au 31 décembre 1861.	ANNÉE 1862.		TOTAL GÉNÉRAL.	OBSERVATIONS.
		SOMMES PAYÉES.	TOTAL par OPÉRATION.		
OPÉRATIONS DIVERSES.					
1° Extension des limites de Paris :					
Marché à bestiaux et abattoirs à La Villette..........	5,329,529. 60	274,345. 61		5,603,875. 21	
Abattoirs généraux...............................	176,015. 04	177,861. 61		353,876. 65	
Nouvelles barrières...............................	1,717,747. 02	448,630. 33		2,166,377. 35	
Rue Militaire	216,085. 05	172,961. 64		389,646. 69	
Édifices religieux................................	1,040,712. 60	665,390. 60		1,706 103. 29	
Nouvelles mairies................................	102,138. 66	75,473. 60		177,612. 26	
Casernement de la Garde de Paris...................	3,362,819. 88	» »		3,362,819. 88	
Casernement des Sapeurs-Pompiers	385,949. 94	9. 13		385,959. 07	
Établissements scolaires	» »	62,729. 18		62,729. 18	
Anciens boulevards extérieurs......................	720,269. 92	1,890,839. 83		2,611,109. 75	
Éclairage dans la zone annexée....................	» »	106,071. 76		106,071. 76	
Distribution d'eau dans les territoires annexés........	» »	1,575,848. 72		1,575,848 72	
Construction d'égouts.............................	» »	2,099,786. 01		2,099,786. 01	
Plantations et embellissements.....................	1,026,516. 87	427,297. 15		1,453,814. 02	
Bois de Vincennes................................	16,107,094. 01	3,190,499. 74		19,297,593. 75	
Établissement des postes d'octroi aux entrées extérieures du Bois de Boulogue................................	» »	41,150. 95		41,150. 95	
Anciennes barrières...............................	» »	» »		» »	
Abords des nouvelles portes de Paris...............	» »	214,050. 22		214,050. 22	
Abords de Sainte-Périne...........................	» »	105,011. 67		105,011. 67	
Percements dans le 18e arrondissement.............	348,879. 69	419,319. 26		768,198. 95	
Dérivation des eaux de la Dhuis...................	» »	128,545. 05		128,545. 05	
Casernes d'octroi	» »	2,234. 57		2,234. 57	
Dérivation des eaux de la Vanne...................	» »	23,879. 55		23,879. 55	
Boulevards dans la plaine Monceaux................	» »	14,700. »		14,700. »	
Boulevard allant de la place de l'Étoile à la station de Courcelles......................................	» »	585,672. 93		585,672. 93	
Prolongement de la rue Saint-Ange.................	» »	110. 24		110. 24	
Prolongement du boulevard de l'Étoile..............	» »	28,414. 75		28,414. 75	
	30,534,358. 28	12,730,834. 19	12,730,834. 19	43,265,192. 47	
2° Améliorations de la voie publique dans Paris non subventionnées et autorisées par décrets, ci..............................	24,330,970. 91	25,084,087. 73	25,084,087. 73	50,015,058. 04	
3° Édifices publics (ancien Paris).............	5,964,930. 65	6,819,922. 25	6,819,922. 25	12,784,852. 90	
4° Opérations communes avec l'État, le Département, les hospices, les fabriques, etc....	» »	4,663,020. 63	4,663,020. 63	4,663,020. 63	
TOTAUX..........	60,830,259. 84		49,897,864. 80	110,728,124. 64	

RÉCAPITULATION DES RECETTES.

	EXCÉDANT des recettes sur les dépenses constaté au 31 décembre 1861.	ANNÉE 1862.	
		TOTAL DES OPÉRATIONS.	TOTAL GÉNÉRAL.
Lois des 4 octobre 1849, 4 août 1851 et 2 mai 1855.	2,103,550. 48	2,625,207. 88	4,728,758.
Loi du 19 juin 1857.............................	» »	894,588. 73	894,588.
Loi du 28 mai 1858..............................	110,114. 44	32,141,530. 85	32,251,645.
Opérations diverses............................	5,468,569. 58	43,835,991. 16	49,304,560.
TOTAL GÉNÉRAL...............	7,682,234. 50	79,497,318. 62	87,179,553.

RÉCAPITULATION DES DÉPENSES.

	EXCÉDANT des dépenses sur les recettes constaté au 31 décembre 1861.	ANNÉE 1862.	
		TOTAL DES OPÉRATIONS.	TOTAL GÉNÉRAL.
Lois des 4 octobre 1849, 4 août 1851 et 2 mai 1855.	920,820. 31	2,671,892. 15	3,592,712. 46
Loi du 19 juin 1857	3,176,325. 83	1,497,446. 42	4,673,772. 25
Loi du 28 mai 1858	41,316,070. 70	45,650,172. 63	86,966,243. 33
Opérations diverses	60,830,259. 84	49,897,864. 80	110,728,124. 64
TOTAL GÉNÉRAL	106,243,476. 68	99,717,376. »	205,960,852. 68

CHAPITRE TROISIEME.

MOUVEMENT GÉNÉRAL DE LA CAISSE

EN 1862.

RECETTES.

Solde en caisse au 31 décembre 1861		1,828,593. 97
Émissions de bons		139,618,800. »
Revenu de la dotation		894,675. »
Capital d'obligations municipales amorties appartenant à la dotation		338,200. »
Revente de terrains	8,594,826 72	
Vente de matériaux	1,189,443. 85	11,260,942. 54
Loyers	1,476,671. 97	
Produits divers		3,862,287. 10
Versements par la Caisse municipale à valoir sur les opérations		59,000,000. »
Versements sur les Dépenses faites pour le Département		5,725,615. 69
Versement pour l'opération en régie du prolongement de la rue Lafayette		3,000,000. »
Mouvement des comptes courants		23,511,284. 08
Subvention de la Caisse municipale (Dépenses d'administration, frais de timbre et négociation en 1861)		4,023,920. 27
TOTAL DES RECETTES		253,064,318. 65

DÉPENSES.

Remboursement des bons { Capital	115,146,800. »	120,857,542. 26	
Remboursement des bons { Intérêts	5,710,742. 26		
Acquisition d'obligations municipales pour remplacer celles de la dotation, qui ont été amorties		338,200. »	
Expropriations { Indemnités foncières	62,799,947. 38	70,148,028. 83	
Expropriations { Indemnités locatives	6,358,133. 90		
Expropriations { Honoraires et frais	667,255. 90		
Expropriations { Intérêts d'indemnités	322,691. 65		
Frais de viabilité		10,023,596. 45	240,986,067. 15
Travaux de construction d'édifices publics		11,613,055. 08	
Établissement de nouveaux squares		456,497. 89	
Bois de Vincennes		806,975. 83	
Dépenses diverses		1,554,526. 48	
Payements faits pour le compte du Département		5,725.386. 45	
Mouvement des comptes courants		19,000,000. »	
Intérêts de cautionnements en numéraire		221,752. 02	
Personnel, matériel, frais de bureaux, timbre des bons de la Caisse et des livres de comptabilité		240,505. 86	
RESTE en caisse au 31 décembre 1862			12,078,251. 50

ÉTAT DES SOMMES A RECEVOIR

POUR OPÉRATIONS DE VOIRIE ET AUTRES,

D'APRÈS CONTRATS INTERVENUS A LA DATE DU 1er JANVIER 1863.

OPÉRATIONS.	ÉCHÉANCES PAR ANNUITÉS.					OBSERVATIONS.
	1863.	1864.	1865.	1866.	TOTAL.	
§ 1er. LOIS DES 4 OCTOBRE 1849, 4 AOUT 1851 ET 2 MAI 1855.						
Boulevard de Sébastopol (rive droite) et abords.	1,152,891. 07	809,647. 23	46,250. »	» »	2,008,788. 30	
§ 2. LOI DU 19 JUIN 1857.						
Boulevard de Sébastopol (rive gauche)	297,087. 30	104,096. 05	» »	» »	401,183. 35	
Boulevard Saint-Germain	74,767. 60	26,879. 55	» »	» »	101,647. 15	
	371,854. 90	130,975. 60	» »	» »	502,830. 50	
§ 3. LOI DU 28 MAI 1858.						
Boulevard du Prince-Eugène	8,914,482. 62	226,155. 62	36,884. 50	27,250. »	9,204,772. 74	
Boulevard Magenta	81,979. 82	84,349. 80	» »	» »	166,329. 62	
Rue de Turbigo	47,300. »	17,000. »	» »	» »	64,300. »	
Boulevard Beaujon . . . . :	324,037. 73	215,421. 98	» »	» »	539,459. 71	
Boulevard Malesherbes	1,036,715. 19	413,029. »	» »	» »	1,449,744. 19	
Abords de la place de l'Étoile	13,837. 50	» »	» »	» »	13,837. 50	
Rue nouvelle isolant le Luxembourg	15,900. 30	15,900. 30	15,900. 30	» »	47,700. 90	
Avenue de l'Empereur	10,881. 60	10,881. 60	» »	» »	21,763. 20	
Rue de Rouen	204,708. 33	174,250. »	» »	» »	378,958. 33	
	10,649,843. 09	1,156,988. 30	52,784. 80	27,250. »	11,886,866. 19	

OPÉRATIONS.	ÉCHÉANCES PAR ANNUITÉS.					OBSERVATIONS.
	1863.	1864.	1865.	1866.	TOTAL.	
§ 4. **OPÉRATIONS DIVERSES.**						
1° Extension des limites de Paris............	3,620,679. »	» »	» »	» »	3,620,679. »	
2° Édifices publics........................	» »	» »	» »	» »	» »	
3° Améliorations de la voie publique non subventionnées par l'État et autorisées par décrets................................	531,234. 52	556,161. 62	» »	» »	1,087,396. 14	
	4,151,913. 51	556,161. 62	» »	» »	4,708,075. 14	

RÉCAPITULATION.

OPÉRATIONS.	1863.	1864.	1865.	1866.	TOTAL.
LOIS DES 5 OCTOBRE 1849, 4 AOUT 1851 ET 2 MAI 1855........................	1,152,891. 07	809,647. 23	46,250. »	» »	2,008,788. 30
LOI DU 19 JUIN 1857....................	371,854. 90	130,975. 60	» »	» »	502,830. 50
LOI DU 28 MAI 1858....................	10,640,843. 09	1,156,988. 30	52,784. 80	27,250. »	11,886,866. 19
OPÉRATIONS DIVERSES..................	4,151,913. 52	556,161. 62	» »	» »	4,708,075. 14
	16,326,502. 58	2,653,772. 75	99,034. 80	27,250. »	19,106,560. 13

ÉTAT DES SOMMES A PAYER

POUR OPÉRATIONS DE VOIRIE ET AUTRES,

D'APRÈS CONTRATS INTERVENUS ET DÉCISIONS DU JURY RENDUES AU 1er JANVIER 1863.

6

OPÉRATIONS.	ÉCHÉANCE PAR ANNUITÉS.							OBSERVATIONS.
	1863.	1864.	1865.	1866.	1867.	1868.	TOTAL.	
§ 1er. **LOIS DES 4 OCTOBRE 1849, 4 AOUT 1851 ET 2 MAI 1855.**								
Abords des Halles................	528,411. 60	8,411. 60	8,411. 60	8,411. 60	» »	» »	553,646. 40	
Boulevard de Sébastopol (rive droite).	223,623. 70	433,623. 70	100,000. »	70,000. »	» »	» »	827,247. 40	
Dégagement des abords du Théâtre-Français......................	164,600. »	300,000. »	» »	» »	» »	» »	464,600. »	
	916,635. 30	742,035. 30	108,411. 60	78,411. 60	» »	» »	1,845,493. 80	
§ 2. **LOI DU 19 JUIN 1857.**								
Boulevard de Sébastopol (rive gauche) du pont à la place Saint-Michel...	104,200. »	» »	» »	» »	» »	» »	104,200. »	
Boulevard Saint-Germain.........	534,727. 90	538,227. 90	280,000. »	200,000. »	200,000. »	24,000. »	1,776,955. 80	
Rue des Écoles.................	150,000. »	56,000. »	» »	» »	» »	» »	206,000. »	
Élargissement de la rue St-Jacques.	60,000. »	» »	80,000. »	» »	» »	» »	140,000. »	
Rue des Mathurins-Saint-Jacques...	65,000. »	65,000. »	» »	» »	» »	» »	130,000. »	
	913,927. 90	659,227. 90	360,000. »	200,000. »	200,000. »	24,000. »	2,357,155. 80	
§ 3. **LOI DU 28 MAI 1858.**								
Boulevard du Prince-Eugène.......	3,695,000. »	10,000. »	10,000. »	10,000. »	10,000. »	135,000. »	3,870,000. »	
Idem de Magenta...........	119,000. »	39,000. »	» »	» »	» »	» »	158,000. »	
Avenue de Vincennes............	1,563,500. »	77,500. »	» »	» »	» »	» »	1,641,000. »	
Rue de Rouen...................	250,000. »	» »	350,000. »	» »	» »	» »	600,000. »	
Boulevard de Malesherbes.........	2,459,446. 14	1,301,722. 83	809,262. 83	276,400. »	230,000. »	190,000. »	5,266,831. 80	
Idem de Beaujon...........	281,000. »	» »	» »	» »	150,000. »	» »	431,000. »	
Avenue de l'Empereur...........	464,000. »	439,000. »	» »	» »	» »	» »	903,000. »	
Boulevard de l'Alma (rive gauche)..	305,100. »	343,100. »	» »	» »	» »	» »	648,200. »	
Idem Saint-Marcel..........	60,000. »	» »	24,000. »	» »	» »	» »	84,000. »	
A reporter.......	9,197,046. 14	2,210,322. 83	1,193,262. 83	286,400. »	390,000. »	325,000. »	13,602,031. 80	

OPÉRATIONS.	ÉCHÉANCE PAR ANNUITÉS.							OBSERVATIONS.
	1863.	1864.	1865.	1866.	1867.	1868.	TOTAL.	
Report du § 3.........	9,197,046. 14	2,210,322. 83	1,193,262. 83	286,400. »	390,000. »	325,000. »	13,602,031. 80	
Élargissement de la *rue Mouffetard*..	1,035,600. »	62,500. »	» »	» »	» »	» »	1,098,100. »	
Boulevard de la barrière d'Enfer à la rue Mouffetard................	50,000. »	» »	» »	» »	» »	» »	50,000. »	
Rue nouvelle entre la place Maubert et le carrefour des rues Mouffetard et du Fer-à-Moulin...............	100,000. »	100,000. »	100,000. »	100,000. »	» »	» »	400,000. »	
Boulevard de Sébastopol, de la place Saint–Michel au carrefour de l'Observatoire...................	» »	» »	200,000. »	» »	» »	» »	200,000. »	
Rue nouvelle, de l'extrémité de la rue Soufflot à la rue Mouffetard...	222,640. »	120,000. »	120,000. »	» »	» »	» »	462,640. »	
Boulevard de l'Alma (rive droite)...	50,000. »	50,000. »	» »	» »	» »	» »	100,000. »	
Avenue de La Tour-Maubourg......	460,200. »	460,200. »	460,200. »	460,200. »	460,200. »	» »	2,301,000. »	
Boulevard rectifié de Passy (du Roi-de-Rome)..................	280,050. »	» »	» »	» »	» »	» »	280,050. »	
	11,395,536. 14	3,003,022. 83	2,073,462. 83	846,600. »	850,200. »	325,000. »	18,493,821. 80	

§ 4.

OPÉRATIONS DIVERSES.

OPÉRATIONS.	1863.	1864.	1865.	1866.	1867.	1868.	TOTAL.
1° Extension des limites de Paris....	1,497,928. 75	475,000. »	22,868. 75	199,868. 75	» »	» »	2,195,666. 25
2° Édifices publics..............	227,500. »	256,000. »	30,000. »	» »	» »	» »	513,500. »
3° Améliorations de la voie publique non subventionnées par l'État, et autorisées par décrets..........	5,944,920. 50	2,889,612. 50	9,898,065. 83	8,158,065. 83	9,752,425. 84	386,487. »	37,029,577. 50
	7,670,349. 25	3,620,612. 50	9,950,934. 58	8,357,934. 58	9,752,425. 84	386,487. »	39,738,743. 75

RÉCAPITULATION.

	1863.	1864.	1865.	1866.	1867.	1868.	TOTAL.
Lois des 4 octobre 1849, 4 août 1851 et 2 mai 1855................	916,635. 30	742,035. 30	108,411. 60	78,411. 60	» »	» »	1,845,493. 80
Loi du 19 juin 1857.............	913,927. 90	659,227. 90	360,000. »	200,000. »	200,000. »	24,000. »	2,357,155. 80
Loi du 28 mai 1858.............	11,395,536. 14	3,003,022. 83	2,073,462. 83	846,600. »	850,200. »	325,000. »	18,493,821. 80
Opérations diverses.............	7,670,349. 25	3,620,612. 50	9,950,934. 58	8,357,934. 58	9,752,425. 84	386,487. »	39,738,743. 75
	20,896,448. 59	8,024,898. 53	12,492,809. 01	9,482,946. 18	10,802,625. 84	735,487. »	62,435,215. 15

9 782329 014876